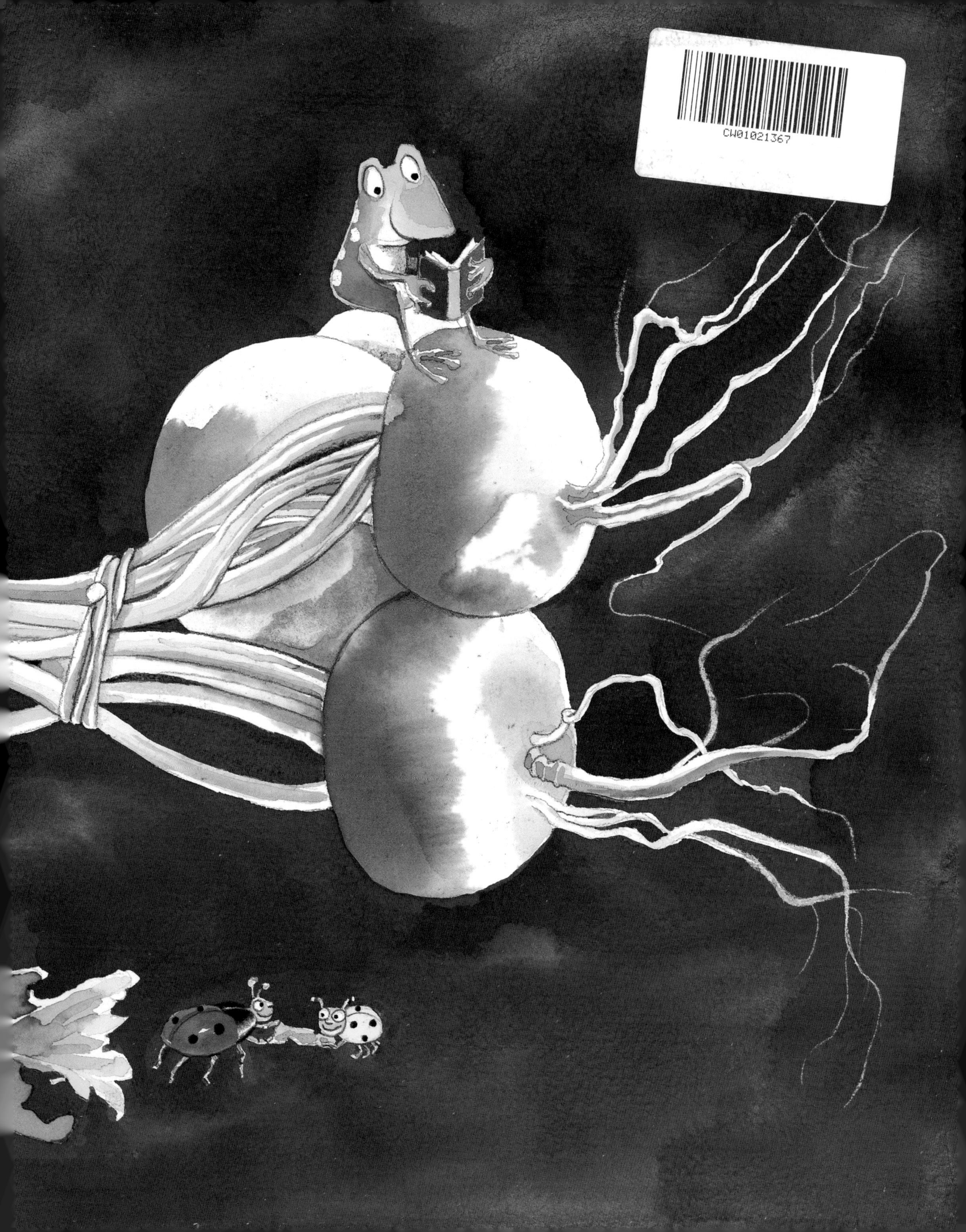

i Will

Cyhoeddwyd gan Gymdeithas Lyfrau Ceredigion Gyf., Blwch Post 21, Yr Hen Gwfaint,
Ffordd Llanbadarn, Aberystwyth, Ceredigion SY23 2EY
Argraffiad Cymraeg cyntaf: Gorffennaf 2004

Addasiad: Dylan Williams

ISBN 1-84512-015-9

Cyhoeddwyd gyntaf yn 2004 gan Andersen Press Ltd., 20 Vauxhall Bridge Road, London SW1V 2SA.
Teitl gwreiddiol: *Goosie's Good Idea*

Gwahanwyd y lliwiau yn yr Eidal gan Fotoriproduzioni Grafiche, Verona.
Argraffwyd a rhwymwyd yn yr Eidal gan Grafiche AZ, Verona

Syniad Da Gwenlli Gŵydd

Peta Coplans

Addasiad Dylan Williams

Cymdeithas Lyfrau Ceredigion Gyf

Roedd Gwenlli Gŵydd wedi gofalu am ei maip ar hyd y gaeaf.

A nawr roedd hi'n barod i fynd â nhw i'r farchnad.

‘Wedi i mi werthu’r maip yma,’ meddai’r ŵydd, ‘mi alla i ddefnyddio’r arian i brynu crochan i goginio ynddo.’

Felly, yn gynnar y bore wedyn,
i ffwrdd â hi am y farchnad.

Ond roedd y sach o faip
yn drwm drwm,

a bu rhaid i'r ŵydd eistedd i orffwys. Dyna pryd y daeth buwch heibio yn cario caws bach crwn.

‘Gwenlli druan,’ meddai’r fuwch. ‘Mae’r sach yna o faip yn drwm iawn i ti. Pam na wnei di ei gyfnewid am y caws bach hyfryd yma sy gen i?’

‘Am syniad da!’
meddai Gwenlli.

‘Pam na feddyliais i am hynna?’

Cymerodd y caws ac i ffwrdd â hi am y farchnad.

Ymhen dim o dro daeth ar draws llygoden.

‘Gwenlli druan,’ meddai’r llygoden. ‘Mae dy gaws yn toddi yn yr haul poeth ’ma. Ond mae gen i sardîn ffresh o’r môr. Beth am gyfnewid?’

‘Am syniad da,’ meddai Gwenlli Gŵydd. ‘Pam na feddyliais i am hynna?’ Cymerodd y sardîn ac i ffwrdd â hi am y farchnad.

Ymhen ychydig, dyma gath yn llygadu’r sardîn.

‘Gwenlli druan,’ meddai’r gath. ‘Mae dy sardîn yn dechrau drewi. Phrynith neb mohono fo.’

‘Cymera’r cwpan hwn o ddŵr. Does dim arogl o gwbl arno; ac mi gymera i dy hen bysgodyn drewllyd di.’
‘Wel, am syniad *arbennig* o dda!’ meddai Gwenlli. ‘Pam na feddyliais i am hynna?’

A chan gymryd y cwpan llawn dŵr, i ffwrdd â hi am y farchnad.

Roedd hi bron â chyrraedd
pan drawodd ar hen fwch gafr sychedig.

‘Gwenlli druan,’ meddai’r bwch gafr. ‘Rwyt ti’n colli’r dŵr ’na dros bob man – a beth bynnag, mae’r farchnad ar lan afon.

Cymer y garreg dlws hon a gad dy gwpan o ddŵr gyda fi.’

‘Am syniad *rhyfeddol* o dda!’ meddai Gwenlli. ‘Pam na feddyliais i am hynna?’ Cymerodd y garreg ac i ffwrdd â hi.

O’r diwedd cyrhaeddodd Gwenlli’r farchnad. Dangosodd y garreg i bawb – ond doedd neb am ei phrynu.

Eisteddodd dan goeden
yn ymyl hwyaden a oedd yn
edrych yn ddigon digalon.

‘O, mi hoffwn i allu bwyta’r cnau ’ma brynais i,’ meddai’r hwyaden, ‘ond does gen i ddim carreg i’w hollti.’

Oedodd Gwenlli a meddwl.
'Mae gen i garreg,' meddai'n llawen.
'Ond beth roi di i mi yn ei lle?'

‘Mae gen i lond dwrn o hadau maip,’ meddai’r hwyaden. ‘Fe allet ti dyfu cnwd hyfryd o faip i’w gwerthu’r gwanwyn nesaf.’

‘Wel, am syniad *ofnadwy* o dda!’ meddai Gwenlli.

'Wedyn mi alla i
ddefnyddio'r arian i
brynu crochan i
goginio ynddo!'